문학과지성 시인선 265

불멸의 샘이 여기 있다

김명리 시집

문학과지성 시인선 265
불멸의 샘이 여기 있다

초판 1쇄 발행   2002년 9월 16일
초판 5쇄 발행   2019년 10월 24일

지 은 이   김명리
펴 낸 이   이광호
펴 낸 곳   ㈜문학과지성사

등록번호   제1993-000098호
주   소   04034 서울 마포구 잔다리로7길 18(서교동 377-20)
전   화   02)338-7224
팩   스   02)323-4180(편집)   02)338-7221(영업)
전자우편   moonji@moonji.com
홈페이지   www.moonji.com

ⓒ 김명리, 2002. Printed in Seoul, Korea

ISBN 978-89-320-1364-0 03810

문학과지성 시인선 265

불멸의 샘이 여기 있다

김명리

2002

시인의 말

한 어둠이
어둠 속에 또 문득
잠 깨어 일어나 앉는다
이대로 生이 아니라면
詩라는 이름의 이 백척간두 위에서
나는 또 뉘라서
무작정 뛰어내릴 생각을 했을 것인가

2002년 9월
김명리

불멸의 샘이 여기 있다
차례

▨ 시인의 말

제1부

노래의 序

능의 서쪽에서 소쩍새 울었다

저 애끓는 울음소리에도 제 귀가 엿듣는
저마다의 子母가 있을 터

내 영혼의 첫번째 꽃잎은
누거만년 빗줄기 화석을 따라 흐르며
썩은 풀들의 안 보이는 지척까지
혹 불면 금세 사라질 물보라의 새하얀 건반을 놓아
둔다

밤의 어둠의 백회에 가지런한
각(角), 항(亢), 저(底)… 釣天의 별빛이
내 몸의 종복인 양 우르르 뒤따르는
능의 서쪽에서

나는 가죽나무 불씨로 함부로 불 밝히고
천둥 소리 본떠 노래를 짓는다

마음이 머무르는 곳

마음이 부르는 곳을 찾아 헤맨다
마음은 이제 막 쑥부쟁이꽃 위에 앉았다 날아간 불빛
눈 깜짝할 사이에 머리통 속으로 내려앉는 저 끄을음
아무려나 나는 이제 이곳을
마음이라 부르려네
또다시 子의 불길에 자지러드는
애반딧불이의 암수가 맞붙었다 떨어지는 저 一瞬!

나무 속의 방

그는 슬픔이 많은 내게
나무 속에 방 한 칸 지어주겠다 말했네

가을 물색 붉고운 오동나무 속에
아무도 모르게
방 한 칸 들이어 같이 살자 말했었네

연푸른 종소리 울리는 초사흘 달빛
마침내 합환 송화주 한 잔
단숨에 남김없이 들이키겠네
내 안의 소쩍새 울음 젖은 봄산을 뒤흔들겠네

유리창떠들썩팔랑나비 날아가고

숲속떠들썩팔랑나비 날아오고

보랏빛 수수꽃다리 꽃 진 새로
홀연 두 사라진 몸이
오동꽃 연분홍 좁으로 천지에 가득하겠네

魚樂

나는 그물을 던지는 자요 낚이는 고기이다
— 할랄 우딘 루이

여우비 쏟아져 가을 강물 위로 물수제비뜨고 흙탕물 가라앉기 무섭게 물고기 두 마리 헤엄쳐다닙니다 눈이 불룩한 치어들도 세 마리 네 마리 보일 듯 말 듯 떠다닙니다

제 세상 만난 저 물고기들 푸른 물풀들 흔들리는 틈새마다 마주 희롱하고 우쭐우쭐 솟구치니 더불어 바라보는 기쁨 또한 강폭의 너비로 굽이칩니다

차마 내켜하지 않은 채 기쁨이여 그대와 내가 한 그물에 잡아 올린 물고기 식구들 파헤쳐진 내장 밖으로 물비린내 생선 비린내 주검의 비린내들 가득히 흘러넘칩니다 물고기의 즐거움, 물고기의 괴로움 밖으로 붉게 붉게 흘러넘칩니다

삶의 아가미에 멍에처럼 달라붙는 물고기 비늘들 마

구마구 입 벌린 육체의 허기가 땅거미 떨어지는 저녁의
강가에 가득합니다

아주 투명한 끈

비 온 다음날 골짜기로 갔더니 죽은 단풍나무 가지 끝에 잠자리 두 마리 죽은 듯 앉아 있었지요 죽은 고요와 죽은 듯한 고요가 한 가지에 잇닿은 보이지 않는 투명한 끈을 서로 밀치고 당기고 하는 것 같았어요 실은 그 잠자리들은 바람에 젖은 날개를 말리고 있었을 테지만 죽은 나무는 제 가지 끝에서 生이 새롭게 꽃피고 있다고 믿는 중인지도 모르지요 서서히 땅거미에 잠겨가는 그 나무의 상처 주위로 들며 나는 무수한 벌레들이 그 나무가 토해내는 검고 푸르고 싸늘한 입김인 양 느껴졌는데 보이는 것과 보이지 않는 것 들리는 것과 들리지 않는 것 있다와 없다 사이에 머무는 저것들 경계를 짓지 않으면서 서로 붐비는 그 사이로 뒤섞어놓은 색실 가닥처럼 잠자리 두 마리 죽은 단풍나무 가지를 떠나 대기 속으로 화르르 날아올랐지요

나비는 튜브 모양의 꽃들을 좋아한다

원추리 노란꽃 위에 남방노랑나비가 앉았다
물봉선 붉은꽃 위에 작은주홍부전나비가 앉았다
비비추 보라꽃 위에 사향제비나비가 앉았다
하악을 찢어져라 벌리고 노려보며
멀쩡한 대낮에
꽃잎 우산살을 낱낱이 펼쳐 든 어수리
환삼덩굴잎 뒷면에다
마악 알을 낳은 네발나비가 이리로 날아올지
멧노랑나비, 큰줄흰나비
갈고리나비 떼가 날아들지
오오 모두들 가만히 스치고 날아가버릴지!

綠雨

4월의 비는
채 꽃송이 벌지 않은 백합나무와
아직은 연푸른 落雨松,
몰아올 낙엽과, 침엽의 두근거림 사이에서 시작되지

청도 지나는 봄빛,
헐티재 너머 각북에 내리는 저 실핏줄,

송화 가루에 눈시울 붉어진 나비 걸음으로
내 섰는 여기는
연두에서,
잎잎 초록으로 넘어가는 강물의 세찬 굽이 속이라네

물머리 돌아 흐르는 꽃 붉은 산비탈
밀짚모 눌러쓴 紅顔의 백수광부여
늙은 몸이 맥없이 휘청거리는
아스라한 벼랑 끝끝까지
넘치게 술잔 기울이는 저 봄빛,

다시는 떠나보내지 않으리

단단히 묶어두리, 저 봄빛!
상처의 옹이마다 아픈 내 몸을 거기 누이리
새가지 새가지마다 불지르리

슬픔이여, 하룻밤도 돌아눕지 않으리

멀리 산그늘 속으로

멀리 산그늘 속으로 새 두 마리 난다
텅 빈 이월 하늘에 물보라 친다
石間朱 빛깔로 꽁지가 얼어붙은 저 새들
아직 근육이 파아란 잔가지들을 물고
어디 어디까지 날아가나
일몰의 내 집 창유리에 성기게 붓질한
채색 세한도로 서려오는 천마산
며칠째 뒤숭숭하던 하늘이
천마산 팔부 등성이쯤에
한 줌 싸락눈을 뿌리고 간다
응혈에 좋다는 사슴을
백 마리도 더 키우는 베델 농원 위로
저녁밥 끓이는 매캐한 불빛들
唐草, 모란문(牧丹文)으로 겨루며 흩어지고
내달리던 天馬가 갈기를 곧추세우며
우뚝 멈추어 선 자리
듬성한 눈발 맞으며 교목의 가지들이
안으로 휘듯 웅크리듯 오롯 벌리어 있으니
문 처닫고 서서 짐짓 흔들어보는 萬里 밖
오래된 누옥의 서까래 들보 층층이 들썩거리고

그 아래 봄빛 사나워라, 내 집 창유리를 거듭 울리는
우당탕 쿵탕 저 또 雪害木 부러지는 소리

햇빛이 쏟아지고 있다

혼자서,
너무 멀리 온 것 같다
그들의 발자국은 지워져 있다

비수리잎 뒷면을 들추자
남방노랑나비 알들이 육체가 되기 위해
조금씩 부풀어오르고 있다

그 사이로, 무슨
왁자지껄한 소리가 들렸는데…

대오를 이루는 삶의
한가운데를
허물면

곧장 낭떠러지로 연결될 것만 같았던
한낮,

골짜기를 건너가는 나비 날개 위로
줄무늬 비단 같은 햇빛이

쏟아지고 있다

이 금빛 골짜기

마을은 어느덧 지도에도 없는 길 하나를 따른다
4월이면 이 길 위에도
보랏빛 호제비꽃, 애기나리 군락이 떼지어 흐르고
냉이, 얼레지, 쇠별꽃들이
細모래빛 바람의 닿지 않는 노래를 실어다 준다
누가 저다지 캄캄한 모래의 시간을 파헤치는지
이른 잠자리 모판 담아논 못물 위에
붐붐붐 저마다 피 맺히게 알 스는 소리
그보다 더 환하게 자욱하게는
각북 고산의 털왕버들
새가지 엽병의 잔털 속으로부터나 미친 듯 날아올랐을
상처의 덕지 위에 물오른 파아란 새순들이지만
풀물 든 마음이 따라 못 잡는 이 금빛 골짜기
골안개에 세 든 아픈 사랑이
굽이굽이 회오리바람꽃 사이로
누군가 함부로 짓밟고 간 저 어린 깽깽이풀 사이로

새는 날아가지 않는다

구름 사이로 희미한 한 자락 햇빛이
어린 새의 앞날을 이끌었을까
유월의 저무는 숲이
돌연 화농의 새소리로 술렁거리고
산그늘 스치는 새 날개 끝자락이
교목의 잎새마냥 빳빳해진다
더없이 따뜻한,
더없이 보드라운,
죽은 새끼의 날개털 여태 휘날리는
텅 빈 둥지 위 노래기 같은 허공을
새들은 겨냥한다 미친 듯 선회한다
마파람에 불려 문상 온 새떼들
까악까악 함께 우짖는다 슬픔을 통해
넘어서야 할 禁線이 어디에 있는지
찢겨나간 듬성한 날개털 속으로
주사 바늘 같은 빗방울 내리꽂힌다

우포, 검은 보리밭

　향우,* 연우독음**의 시간에서 벗어나 6년 만에 우포를 향하여 출발한 건 순전히 그 전날의 日氣 탓이었는지도 모른다 부화되지 않는 어떤 고통의 숙명으로부터 지금까지도 귀울음의 환청으로 내 안에서 울려오는 외래종 황소개구리 떼의 독한 울음소리는 저, 세기의 시초로부터 스스로 실족을 택한 늪지 식물의 잘 벗겨지지 않는 검은 알레고리였으리라 땅거미 흩어지는 늪지의 밤 孟夏의 달빛은 엷은 피막 같은 얽설킨 綿絲의 울음소리로 스며들고 달의 덩어리를 쪼갠 듯 보리밭 검은 속을 파고드는 세기말의 대기는 여전히 무성한 水銀빛이다

　소쩍새 울음을 집어삼키는 황소개구리 울음, 황소개구리 울음을 집어삼키는 소쩍새 울음, 千變萬化 울음의 울대를 동시에 집어삼키는 늪의 울음, 그리하여 그 모든 울음의 울대의 소소한 아가리들을 단숨에 집어삼킨 무한천공 달빛이 全裸의 헛것으로 내 안으로 스며들고 이대로 한 천 년쯤 개미 새끼 한 마리 이 芝蘭의 폐허 속을 비틀거리지 않고는 기어다니지 못하도록 콸콸콸 토해놓고 싶은, 한 늪의, 도저한 울음이 내 안에 깊이 뻘박혀

버린 것이다

   * 向遇: 자기 자신만이 집 한구석에서 쓸쓸히 앉아 있는 모습을 말한다
     (杜甫).
  ** 連雨獨飮: 여러 날 비가 계속되는데 홀로 들어앉아 술을 마시는 것(陶
     淵明).

복사꽃 花煎

복사꽃 철 맞아 소풍을 갔더랬다
나무에 기대어 서서
봄날은 간다~
누군가 휘파람에 가까운 노래를 불렀었는데

복사꽃 그늘 속으로
마음 몰아치던 저 봄날

뺨이 패이도록
올해의 봄바람은 더욱 사납고
그해의 복사꽃은 죄다 져버렸으니

남아 있는 향기로 화전이나 부칠까 어쩔까
하는 사이
서러운 그이들 뿔뿔이 떠나고
화톳불 삼킨 듯 봄꽃의 속내는 달아오르고

비 듣는 윤사월에 턱 고이고 앉은,

세월은 사무치는 사람의 가슴에

몇 점의 붉은 핏방울로 복사꽃을 새겼다

불멸의 샘이 여기 있다

휘젓던 꽃샘바람 그치고 볕 좋은 날
잘 익은 너르바위에 식탁을 차린다
인적 드문 이곳, 금빛 골짜기
유릉 숲 사이론 푸른 해오라비 날고
물소리가 해묵은 커튼처럼 드리워지고

아무래도, 덮쳐오는 봄빛은
치한의 눈빛처럼 이글이글해
만개한 산철쭉 두근거리는 바위틈으로
나 돌아간다 먼저 온 슬픔이 엿볼세라
치렁치렁한 검은 머리채
더 깊이 바위틈으로 밀어넣는다

앗! 불멸의 샘이 여기 있다
은둔하는 하루살이들이 개미 떼들이
바위 속을 온통 하얗게 누비고 있다
그들의 하루 일과는 바위 속으로
널찍한 신작로를 내는 일
봄이 다 가기 전에 그들의 대지에
또 한 그루 망개나무를 심는 일

해 넘어가기 전에 불멸의 식탁을 마련하는 일

내 마음 더 바삐 서두르며
그들의 신작로에 닿기도 전에
일몰의 고단한 꽃씨들이 몰려오고 몰려가고
망개그늘 아래로 가파른 둥근 물소리들
잠 없는 봄밤의 드높은 물보라로 치솟고 있으니

제2부

대벌레

비 그치기 무섭게

햇볕에 몸 말리러 나온
푸른 대벌레들이
소나무 둥치에 다닥다닥 붙었다

죽은 듯 고요하다

회오리치는
시간의 여울을
한 땀 한 땀 꿰매라고

속된 시인의 면전에

빗줄기가 부리고 간 바늘 한 쌈지 같다

강물이 시작하는 곳

처서 지나고 나흘째 비 뿌린다
농협 공판장 앞 차부엔 사람이 안 보이고
무대리 오르는 마을버스는 텅텅 비었다
오래전 문 닫은 정미소집
끝없이 덜컹거리는 슬레이트 차양 아래
흠뻑 젖은 누렁개 한 마리
밭은 숨 몰아가며 끙끙거리고
누군가 미끄러진 물웅덩이에
나 또한 기어코 발 헛딛고 미끄러진다

빗줄기가 휘어잡은 고요의 뿌리가
거듭 파헤쳐진 물웅덩이가

길고 긴 고랑을 이루면서 흘러내린다

내 어머니의 이름으로

소나기 그쳤다
모처럼 신명난 허공의 부뚜막에서
밥물 한바탕 잘 끓어 넘쳤다
불땀에 맞춤한 바람 소리 일어
선산 절개지 붉은 언덕 위로 나뭇잎배 띄우니
솔가지 지나고 잣가지 지나
너무 짙어서 잘 안 보이는 골육의 슬픔들
새새틈틈 바람의 정화조 밖으로 빠져나간다
내 머리 위의 햇발은
연년이 자오선 밖으로 튕겨져
흩어지는 구름의 간유리 사이에서 버둥거렸지
그러니 이 못된, 하늘 향해 치켜세운
마흔 해 생인손 앓았던 내 손가락 끝의 바지랑대
부젓가락이든 뭐든
뾰족한 것은 하늘 쪽으로 두지 마라시던 어머니 말씀
나는 못 들었다

그 거리의 악사

눈은 지표에 닿기도 전에 녹아 사라진다

바람이 몰아오는 젖은 분냄새
내분비샘을 흔들고 지나가는 자욱한 아코디언 소리

거친 흑발의 파마 머리 위에 얹은
눈에 익은 연초록 낡은 손뜨개 모자
굽은 등이 금세라도 눈발 속으로 녹아내릴 듯

노래하는 사람이 되고 싶다던
해산하다 숨을 놓았다던, 내 사촌 학연이
순정만화 속에서 막 뛰쳐나온 눈시울을 하고
굽이치는 무정한 세월을 탄주한다
그 해 겨울 너 떠나간 평리동 언덕의 첫 눈발
또다시 휘몰아친다

단봉낙타 한 마리
노래의 사막을 오래오래 무사히 건너가라고
눈은 지표에 닿기도 전에 녹아 사라진다

학연아, 너 너무도 멀리 있어서
부르지도 못하고 나는 되돌아선다

황매화 꽃 핀 네 집 앞

슬픈 사연이 있었을까
황매화 꽃 핀 네 집 앞 5월
노랗게 여문 꽃송이들이
몰아친 비바람에 고개 숙였다
꽃 떨어진 매화 가지에
매실이 없다
휘늘어진 꽃가지
불 꺼진 건넌방
아픈 식솔들 쉬 잠들지 못하는
안으로 숨죽인 울음소리
툭, 하고
30촉 알전구 쏟아져오듯
서성이는 발 아래
아앗 아프도록 황매화 진다

저녁 비

빗소리에 누가
배롱나무 지도리를 매달아놓았나
애면글면 백일홍 꽃가지에 불 끄듯 내리는 빗소리
아무려나 해묵어 꿉꿉한
十長生 비단첩 은밀히 끌러놓았으니
들이치는 윗비는
내 집 앞 초저녁 산마루에 걸리고
아랫비는 더 깊이 당단풍 눈부신 처마 끝을 울리리

淸明

내 사는 집 맞은편 재 너머에
우리 할머니 무덤이 있다
백봉산 산그늘 물빛 짙어오면
할머니 무덤 가에도 진달래 수달래 흐드러지고
한 해의 한식에서 청명까지는
어둡던 마음도 마음속의 눈보라도 그곳으로 길을 낸다
부처님 전에 홀로된 半生의 꽃빛을 누이시고도
오래도록 중풍의 병상에서 외로우셨던 분
꽃바람 드센 어느 해 봄날
절집의 뒤꼍에서
아무도 모르게 어린 내 입으로
떠넘겨주시던, 할머니의 肉饍!
그토록 질긴 사랑의 힘으로 나 지금 여기 서 있다
어떤 거센 바람도 절명의 사랑 속으로는
몰아치지 못한다
雪解水 눅눅하던 봄하늘
수지침 꽂히듯 새소리 팽팽해진다

옻칠 자개장

걸핏하면 내 마음 구름장 위에서 뛰어 놀았다 그랬다,
어머니 늙은 머리맡의 옻칠 자개장

잠든 식구들 식은땀 타넘고 겨울 한밤의 보일러 물소
리 방구들 속으로 깊어지는 동안

아무도 모르게 나 홀로 닳고 싶던 빼곡히 상감된 구름
위의 봉학!

薄板 오동나무의 더 깊은 안쪽으로 내 어머니 일생이
저물도록 허공에 길을 내는 동안

여태도 쓰라리리 슬픔의 老根들, 극약 같은 세월의 팽
팽한 숙주가 되어주셨다

상처를 위하여

저 나무는
바라보는 것만으로도
죄가 되는 것 아닌가

제 몸통 안에
마침내 검은 우물을 파버린 나무

저 물 없는
갈라진 우물 바닥에
폐허가 연줄처럼 걸렸다

그러나,
꽃씨를 마저 흩뿌리듯
봄빛은 기어코 어김없이 쏟아져와서

바람에 잎 틔우는 새가지 떨켜마다
사람의 숨통을 틀어막는
고요

가책하는 마음들

멀어질수록

저 나무의 죄는
상처를 몸으로 만든 것이니

天水畓 · 봄

아픈 마음이 또 한 석 달 열흘
죽을 둥 살 둥 몸을 앓았지요
4월 봄볕에 우두커니 서서
백의종군하듯 꽃망울 터뜨린 저 나무들,
흩뿌린 혈흔이듯 청천에 스미는 저 꽃잎들,
천길 벼룻길 물소리로 마주 오던 봄이
백발 성성한 늙은 마음의
말라붙은 젖꼭지를 덥석 깨물었지요
보세요, 피가 철철 흐르는 봄이지요
보세요, 꽃 모가지마다 이글거리는 저 몽매를!
끝도 없이 들이켠 모래 바람
삼재팔난 중에서도
火魔가 천지간에 덮쳐온 봄날이지요
뻐개질 듯 만개한 벚꽃잎 어느 사이 훨훨훨 져 내리고
누런 해 떨어지기 무섭게
가슴엔 천 필 아마포 찢어지는 소리, 들리지요

너 떠난 밤

딱따구리 부리 가을산 젖은 목피를 쪼네
도무지 쉴 새 없네 딱, 딱, 딱
너 떠난 밤, 몰아치는 삭풍
밀려드는 시간의 파도의
소리로 지은 막다른 집 한 채
아무리 눌러대도 소용없네
거대한 밤하늘은 도무지 쓸모없는 리모컨이네
출구를 막아버린 소라고둥 속
고요가, 고요히 불타며 꺾어지네 딱, 딱, 탁

雨期의 새

비 오는 날은 비가 와서
바람 부는 날은 바람 불어서
하늘을 나는 새들도
이따금씩은 문 처닫아 걸고
두문불출하고 싶을 때 있으리
걸핏하면 미루나무 우듬지께나 집적거리는
상한 세월의 고주파 물살을 가로지르는
날랜 쇠고둥 같은 기압골,
구름장들 자지러드는 뙤창문* 안에서는
딴에는 제법 만만히 올려다보이는
망가진 막새기와 같은 해거름 하늘이어서
미구에 흩어질 구름,
몰려오는 바람의 팽팽한 시위를
제 안의 수심인 양 늘였다,
조였다 하고 싶은 날 있으리

* 뙤창문(一窓門): 작은 창을 단 문.

舍那寺

시월 저녁 무렵의 사나사 일주문은
적요를 버짐처럼 꽃피워
그 길 더듬는 공양주 행장 가쁜 숨소리며
숲 사이 매캐한 새울음이
젖은 머리 오래 합장한 마음 안으로
쇠그물 바위 덩어리,
쏟아 부을 듯 붉은 칡넝쿨로 엉켜드는
상처 입은 짐승의 배냇울부짖음이네
천도제 끝난 지 한 사나흘
찢겨진 골, 파헤쳐진 시내는
여태도 후들거리는 무릎걸음인데
늬엇한 산그늘 휘감아 오르듯
적막한 그 굽이 그 비탈 그 안으로
거짓말처럼 마당 깨끗한 절 한 채 있어
요사채 오른 켠 좇아 빼어나게 환한
고사목 한 그루
웬 이런 단풍 철에 벌거벗고
서켠 노을벽에 저 홀로 쩌렁한 돋을새김으로!

산노을

또 저 텅 빈 허공의 호적부에
붉디붉은 노을이 오고

死産한 내 아이들의
단 한 번도 소리내어는 불러보지 못한
차디찬 이름처럼

이 저녁
돼먹지 못한 슬픔이
쐐기처럼 가슴에 와 단단히 박힌다

발 푹푹 빠지는 허공의 애장터마다
나 말고 또
누가 내다버린
후레자식들이 지천이어서

구만리 장천
저 시퍼러니 말라붙은 젖꼭지들에
보란 듯 왁자하니 핏물 도는가

오래된 슬픔도 탕약처럼 써서

산비알 웅크린 天南星 잎새마다
선혈의 핏방울 돋아나는가

슬픔이 너의 이름이다

슬픔이 너의 이름이다

별들의 아득한 거리는
별똥별의 타다 남은 잔해와
은하에서 굽이치는
빛의 부레 따위,
그 나머지는 가득
슬픔의 부피로 메워져 있다

상처의 터진 데가 부풀어오르고
내가 파르르 떨며
시든 꽃잎 한 장의 무게로 무너지며
가쁘게 움켜쥐는 것은
여전히 진행 중인 인간의 슬픔
그 슬픔의,
무한 기울기로 내리찍었던
나의 하느님이다

때 없이 비 뿌리며
가을꽃 모가지를 뒤흔드는 바람

屍汁처럼 흩어지는 바람 속의 방이

슬픔의 간데없는 주소지이다

제3부

홍유릉 日氣 1

비안개 뿌린다
꺼뭇한 산사나무 꽃줄기 곁순 위로
분지의 새들 낮게 날은다
해거름 御祭殿 처마도리 밑
청홍 단청 드리운 날렵한 새둥지 텅텅 비었다
더 이상 가까이 다가오지 말라
禁줄 둘러친 왕조 오백 년
비운의 마지막 황실을 지키고 섰는
홍살문 비끼어 일곱 마리 石獸들
말이며 양이며
낙타, 사자, 해태, 코끼리, 기린
서서히 안으로, 나선형으로 구부러지며
깊게 팬 울음 자국들 뇌록의 돌이끼 무성하다
저렁거리던 五嶽의 신들 안 보이고
꼿꼿한, 강직해 보이는 石문신과
갑옷을 뚫을 듯 그 기상 우람한 무신
텅 빈 御座 앞을 묵묵히 오래도록 지키고 섰다

홍유릉 日氣 2

유릉 오르는 가풀막 위로
솔개그늘 낮게 드리워 있다
서릿바람 아니어도
달음질치는 시간의 저 완강한 고집
내 캄캄히 딛고 선 여기서부터
눈 녹는 묘혈을 파 들어가면
태고의 플라밍고 화석처럼 뜸부기 화석처럼
슬픔의 무늬들이 魚鱗文으로
붉고 푸른 보색 대비로
석실의 내벽에 가득할 것이다
소소리바람 몰려오고
그 서슬에 얼어붙은 石物 참당나귀 한 마리
말 안 듣는 저 못된
시간의 엉덩이를 함부로 걷어차며
왕조의 부질없는 옛 영화가
한낱 눈석임물 속으로 되살아오고
물보라 미친 물보라로
떠도는 나의 轉生!
미세히 갈라진 영원의 푸른 문틈으로
녹청 스미듯 日暮의 서편 하늘

서서히 멀어져가고
나 지금 한 점 싸라기 눈발로
천길 가풀막 위로 뛰어내리고 있다

홍유릉 日氣 3

저이는 제 시름을 여기에 부려두고 가려나
우거진 작살나무
깔때기 모양의 꽃그늘 아래
넥타이 느슨히 풀고 드러누운 삼십대
이생에서는 처음 마주친
움푹 꺼진 두 눈꺼풀이
호두알처럼 단단한 거친 울음을 물고 있다
그 곁으로 마주 다가가
團壽字, 團福字를
해진 옷깃에 수놓아주고만 싶은
아주 곁하여 마주 눕고 싶은
풍찬노숙의 시절들
바람 한 점 없고 봄빛 푸르게 쏟아지는
팽팽한 작살나무 아래
활은 여전히 날아가지 않고
움켜쥔 시위는 단단히 흔들리고 있다

홍유릉 日氣 4

난세의 검객들이 일어섰다
솔버덩 위로 봇도랑 너머로
피 흘리며 쓰러지는 건 적들이 아니라
여태도 자리보전하고 누운
능의 변방을 지키고 섰던 말갈나무다
연사흘 들이붓는 억수장마에
졸참나무 신나무 산오리나무
자욱이 둘러친 늙고 젊은 가신들
줄줄이 꿰이며 흩어지며 무릎 꿇었다
갑신년 정변에서 을미년 을사년
한시도 바람 잘 날 없었던
격랑 창해의 영욕을
누가 꾸짖느냐며
곤히 잠든 群王의 꿈 없는 베갯머리 속으로
비 갠 여름 하늘 몽매한 구름은
또다시 중중모리 산조로 흐르다 멎다,

홍유릉 日氣 5

내 집에서 능으로 향한 오솔길에는
허물어져가는 널기와집이 한 채
겨우내 한 번도 발 들여놓은 적 없는
능의 장대한 그림자가
좁고 스산한 그 집의 안뜰을 쓸고 있다
앞치마 두른 아낙들이
제법 분주히 걸음을 놓는 초복날까지는
그 집의 주인장이 서둘러
제 집의 안뜰까지 내려서는 법이란 없다
누구였을까
능의 그림자가 황황히 안아들고 나서는
저다지 앳되고 여윈 그림자
병색 짙은 젊은 아낙의 한 줌 뒷모습이
자꾸만 눈앞에 어른거리고
능의 그림자가 한순간
사람의 텅 빈 눈시울을 휘돌아 나가는
나 아직 한 번도 발 들여놓은 적 없는
지금은 문 닫힌 널기와집이 한 채
밤바람 앞세우며 무명의 弔燈, 흔들리고 있다

홍유릉 日氣 6
──덕혜옹주 묘역

그대의 집 철책 너머로 비 들이치고 오늘은 모처럼 돌
개바람 불어 호젓하던 차에 개망초들이 우뚝 솟구친 박
주가리들이 미친 듯 미친 듯이 나부끼고 있다

아무렴 미치지 않고서야 빠져나갈 수 없었으리 검푸
른 우물물에 푸른 넋 빠뜨리고 꽃다운 청춘에 조발성 치
매 앓듯 단 한 차례 密約의 볼모로 사로잡힌 生!

그러니 띄엄띄엄 마주 선 적송들아 더, 더, 더, 깊숙이
허리 구부려라 쇠락 왕조의 마지막 황녀의 무덤 속으로
푸르디푸른 꽃너울 길게 펼치거라

환호처럼 아우성처럼 부풀며 솟아오르는 저것들, 개
망초의 뼛속까지 들이치는 비에 바람이 부치는 傳言!

무정한 세월의 박주가리 떼들은 육탈한 그대의 뒷모
습인가 無主空山 휘도는 부표처럼 조선 왕조 흥망사가
그대의 집 철책 위로 한순간 떠올랐다 사라져간다

홍유릉 日氣 7
—물결이 와서

늦가을 땅거미는
먼 산을 보듬듯 내려앉는데
날 저무는 유릉 숲 사이로 웬 북소리, 가야금 장단?
벚나무 갈참나무 단풍진 잎사귀 후드득 듣는
오솔길 비낀 야트막한 언덕,
초로의 두 남녀가 소주 한 병
새우깡 한 봉지를 사이에 두고
춘향전 한 대목 중
오리정 이별 장면을 목청껏 불러제끼는데
산비둘기 때까치 울음소리 멎고
청설모 한 마리 속귀가 트이는지
상수리나무 잎새에서 숨을 고르고
계면에서 자진모리로—
아니리에서 중모리로—
감치게 치렁치렁한 이화중선이 아니어도 좋고
그 목청 댕댕하고 건등하다는
박록주가 아니어도 좋고
정정렬의 도창이 아니면 어떻고
임방울의 애절한 계면 아니면 어떠하리
비낀 가을 햇살에

軟柿처럼 두 붉은 얼굴을 마주하고
장단을 앞지르며 엇박으로 엮어가는
잘 있거라 편지하소, 떨리는 손장단의
어디서 어디선가 물결이 와서
주고받는 金指環 은거울에 붉은 물 드네
적막강산 꽃단풍 일제히 불을 내뿜네

명서풍 지나고 청명풍 오고

서쪽 하늘이 또다시 기우뚱한다

풀빛을 고스란히 벗어놓고
누군가 斗星 너머로 사라졌다

어느 사이 그 풀빛 사위고
아가위 열매는 떨어지고 쌓이고
명서풍 지나고 청명풍 오고

내 숨에 부푸는 달맞이꽃
샛노란 털빛이
來生의 등피인 양 깜박거린다

9천9백9십9개나 된다는 하늘 모퉁이를
그만한 굽이로
휘돌아온 새들도

눈 깜짝할 사이
달무리 화염에 빠르게 휩싸이는
이, 讁所—

거울 속의 새

황사 폭우를 피하려다
새는 기어코 자동차 백미러에 부딪힌다
뇌수의 기어를 중립으로 풀고
아득히 鳴砂山 모래 울음소리에 귀를 파묻으려니
내 안의 새 한 마리
흠뻑 젖은 날개를 파닥이며
거울 속 붉은 새의 부리를 쫀다
누구냐? 너는 누구냐?
거울 속에서도 폭풍우에 갇혀 파닥이는 새
거듭 문풍지를 세우는
빗줄기의 덧문 밖으로 빠져나가지 못한다
캄캄하구나, 그토록 먼 곳에서
더 먼 곳으로 내 생의 差緣을 되비추는 새여

아주 잠깐 한뎃잠을 잤네

아주 잠깐 한뎃잠을 잤네
봄날 저녁답 붉은 해도 기울어
내 숨어든 桃園에
뭇별이듯 뿔뿔이 흩어진 식솔들
울먹이는 입술이 만져지네
서러움의 더 깊은 안쪽으로
촘촘히 와 박히는
더운 눈물 속
무수히 떠다니는 桃花, 桃花
해거름 나뭇잎이 내뿜는 저 물보라,
아주 잠깐 한뎃잠에
웅크린 내 몸이 조금씩 반듯해지네
나 여기까지 숨어 들어와
나를 마침내 흘러가게 하네

저 수양벚나무

능의 연못가를 지날 때
어느 화공이 붓질한 휘문양인가
늦은 사월의 저 수양벚나무
연분홍 잎잎이 흐드러진다
방촌의 검은 벽 위로
아직도 눈물 자국 선연하고
몸은 격렬했던 한때의 형해로
다만 헛것으로 남아…
누가 또 어사화 붉게 드리운
수양벚나무에 기대 편지를 쓰는가
뒤엉킨 꽃가지로
한사코 日暮의 젖은 벽을 두드리는가
어느 사이 잦아든 꽃그늘 속으로
비구, 비구니, 우바이, 우바새
어쩌자고, 어쩌자고
진박새, 쇠박새, 오목눈이는
열 지어 떼 지어 날아드는가

하현 달무리 허공을 울리니

하현 달무리 허공을 울리니 달빛 속을 거슬러 산에 오르네 달빛이 나를 나의 청맹과니를 떠메고 산으로 드네 죽어, 흙이 된 옛 어버이들의 내실에서 서서히 올 풀리는 봄밤의 다홍 소매 끝자락

저이들, 제 비애의 문밖을 못다 적신 귀엣말인가 허공 구만리를 울리는 바람의 生生한 차임벨 소리!

하현 달무리 서늘히 가 부딪는 바위 벼랑 틈서리 흐르는 산 저만치 또 굴우물 패이네 저무는 봄밤의 붓순나무 새순은 蒼天의 깊이에 닿아 보이네

텅 빈 유모차

한 할머니가 가네
텅 빈 유모차를 몰고 햇빛 속을 가네
저 텅 빈 유모차에,
오오 텅 빈 유모차에 넘치게 가득한 白日!
가네, 댓바람에 휩쓸린 멧새 울음 속을
내 어머니의 어머니의
살아生前이 가네
세월의 삽날에 허리 꺾인
바퀴살이 아직은 쓸 만한 유모차가 가네
다만 일그러진 쇠붙이,
젖먹이 울음소리 텅 빈 유모차들도
傷한 풀잎을 지상으로 떠받치는
저토록 단단한 힘이 되네

회향나무 울타리

나는 이 나무에 붙어 서서 일생의 소낙비를 다 맞았다
몸 꽁꽁 묶인 채 입술은 퍼렇게 얼어붙은 채

숨어서 피우는 한 줌 마리화나 연기처럼 회향나무 거
울 속에 되비친 生의 노을은 연년이 너무 붉고 그 붉음
의 끝은 너무도 어지러웠다

누군가 육체의 백회 속에 영혼이 깃들어 있을 거라고
말했지만 나는 믿지 않았다 내 머리 정수리를 내리치는
빗줄기는 내 영혼의 피부 껍질조차 뚫지 못했다

나는 끊임없이 제 안으로 회오리치는 영원의 삼켜진
빗장 앞에 서 있다 때로 영원의 문밖까지 두런거리며 인
기척이 나고

때로 영원에 붙어 사는 늙은 멧새들이 영원의 회향나
무 울타리를 너무도 가볍게 뛰어넘는 것을 나는 바라보
고 있다

영원 앞에서는 어둠도 머뭇거린다 나는 어둠보다 몇

걸음 앞질러 서서히 네거티브로 지워지는 내 몸의 나
뭇잎,

  영원의 뒤안으로 캄캄히 멀어지는 회향나무 텅 빈 꽃
가지를 내려다본다

제4부

그곳엔 아직 아무도 닿지 않았다

그곳엔 아직 아무도 닿지 않았다
시월 햇빛이 누군가의 울음을 떠메고
이르고자 했던 그곳,
부러진 옥수수 텅 빈 꽃대궁 속을
가을 바람이 휩쓸고 지나간다

내 안의 풀벌레 울음소리
아직은 풀빛 짙은데

아아 그곳에 가 닿으려는 누군가의 울음!

팔당

물가로 사뭇 기우뚱한 매운탕집
낡은 조잡한 누각 위로 바람 휘몰아친다
펄펄 끓는 민물매운탕 찌개냄비 속으로 해 떨어진다
지금은 청람으로 풀어지는 박명의 시간
한 북소리가 완강히 닫힌 수문 쪽으로 몰려가고
붉은 쇳물을 뚝뚝 흘리며
상복 차림의 두루미 한 쌍
물의 대안에서 꼼짝 않고 섰다
희귀병 앓는 이 겨울
터진 피부에 스며오는 저 얇은 북소리
보일 듯 보이지 않는
한 생애의 마지막 굽이가 쳐들어가서
얼어붙은 강물의 잔잔한 속주름을
마저 부풀리는 사이
우리들 양껏 먹고도 남은,
졸아붙은 찌개냄비 속의 이 묘한 비릿한 냄새
뼈마디 앙상한 미루나무 속엣가지를 부러뜨리며
잘못 들은 귀울음인 듯
북소리 차츰 멀어져가고
한 사람의 주검을 사무치게 떠받치려는

오 아직 여기까지는 몰려오지 않는 저 희미한 눈발

白夜

눈 내리는 밤은 어둠 깊어도 대낮 같다
수은주를 할퀴며 사납게 몰아치는 눈발 속을
취객들 몇 울분처럼 미끄러지고
눈 흠뻑 뒤집어쓴 가로수들은
오늘 밤 일제히 페테르스부르크의 자작나무가 된다
버즘나무도 버드나무도 일렬 횡대로
머리 끝부터 뿌리 끝까지 자작의 작위를 부여받는다
그러나 끝끝내 만삭인 어둠은
제 몸 속의 붐비는 눈송이 눈송이마다
다시는 되돌아오지 못할 北風의 망명 정부를 세운다
모든 국외자의 희망은,
퍼붓는 눈송이의 눈물샘 뒤쪽으로
소리 소문 없이 사라지는 일이다
마침내 새로 두시부터 얼어붙기 시작하는 눈시계
한입에 털어넣고 싶은, 청산가리 같은
눈송이의 자살 사이트가 붐빈다 길의 끝이 흰다

백년 동안 그곳을 헤매다닌다 해도

　백년 동안 그곳을 헤매다닌다 해도 우리 만나지 못하리 저무는 골짜기의 그림자로 서서 멀리서 서로 바라보고 있어야만 하리

　검은 보리밭 사이로 잠 없는 새 한 쌍 푸른 울음을 울고 그 울음 사이로 녹청 스미듯 달빛 듣는데 달무리 휘젓는 나무 그늘 새로 불현듯 스치는 사람 그림자

　사람 그림자 수백 쌍 드리워진 곳에 바닥을 알 수 없는 거대한 늪이 생겨나지 그 늪의 아스라이 떨리는 검은 거울 속 달빛에 휩쓸린 갈대며 쉰 부들은 백년 동안의 이별 백년의 그리움 위로 용솟음치는 화농의 쓰라린 불꽃놀이야

　나뭇잎처럼 흩어지는 말로는 內傷의 번지는 핏자국들을 아무도 붕대 감을 수 없으리 아무도 만나지 못하리 백년 동안 그곳을 헤매다닌다 해도

月出—生의, 한가운데

시월의 해질머리 건널목을 지나는 기차는
땅의 음습한 늑골 속을 항행하는 중앙선이다

다만 쓸쓸한 가을 기찻길 앞에
빛 바랜 선혈의 나뭇잎 몇 장

대지의 메마른 목구멍 속으로 넘어가려는
아주 잠시, 그토록 짧은 순간
선로의 차단기가
슬몃 내 앞에 내려선 것뿐인데

이 길 위에서
그토록 오래 병들었던
육체의 간난과 설움과 또다시 어리석음과

그리하여 최후로 나는
내 1992년식 엘란트라의 뻑뻑한 변속 기어를
4단으로 바꾸고

저, 生의, 迷惑의,

음습한 한가운데를 고속 질주하는 중앙선의
쇄빙선 같은 옆구리를 한번

정통으로 들이받아버릴까
어쩔까 한순간 망설였던 것인데

울긋불긋 내 안의 또 다른 前代와 未聞의
發病한 권속들이
저 절멸의 천길 낭떠러지 앞뒤로
서둘러 배수진을 치네 급전직하의 가을해
안 보이네

텅 빈 레일 위를—
偏光으로 뒹구는 빛 바랜 선혈 같은 달빛

해질머리 건널목 閭巷의 서쪽으로
봄꽃도곤 더, 더, 붉은 달이 떴네

음이월 지나고 김천 지나고

삼천포 딸네에서 오는 길이라 했다
할머니는 삼천포 둘째딸이 준 거라며
동백 꽃분 하나를 가슴에 품었다
동백꽃 몽오리 할머니 자태처럼 곱다 하니
이런 꽃분이 다 무슨 소용이냐며
내 손 마주 쥔 수전증 않는 왼손보다
저 꽃분 더 꽉 움켜잡은 오른손이
덜덜덜 덜덜덜 떨리고 있다
먼저 간 영감탱이를 바닷물 깊은 속에
아주 묻고 오는 길이라 했다
남대문에서 노점하는 막내아들 내외
더운밥 해주러 가는 길이라 했다
萬象은 흘러 흘러 어디로 가는지
차창에 부딪고 저 홀로 사무치는 봄밤
음이월 지나고 김천 지나고
그예 동백꽃 모가지들 다 떨어져 내리고
봄밤은 이제 막 추풍령 고개를 오르고 있다

봄밤

입암 저수지에는
얼마나 많은
되새들 울음이 내려앉는지

저수지 진초록 물결
어느 한나절도
희붐할 사이 없겠네

갈 길이 아득해서
만개한 영산홍
꽃그늘 뒤에서 울먹거리는 봄밤

되새 떼 울음 빼곡히 깃들인
입암 물고기
속절없는 披針의
부레 끝만 건드리다 가네

배밭 속의 새

배꽃 떨어지기 무섭게
배나무밭 주인은 배밭 전체를
아주 튼튼한 푸른 그물로 감싸버렸다
까치들은 더 높이
하늘로 날아오르는 대신
더 자주 배나무밭 주위로 몰려들고 있다
행락객들이 버리고 간
음식 찌꺼기 따위
흥, 논두렁 속으로 부리를 박는 일 따위
눈이 부시게 새하얀 배꽃보다
농약 냄새 채 가시지 않은
이토록 먹음직스런
오, 이토록 설익은 단맛이라니!
마침내 뚫었던 細그물을
벗어나보려고
최후의 성찬을 막 끝낸 까치 한 마리
휘늘어진 배나무
가지에서 가지 사이로
미친 듯 푸드득거리며 날고 있다
한달음에 날아가고픈

미루나무 우듬지 끝 보금자리
그물 속 푸른 하늘,
푸른 하늘 기우뚱 쏟아지고 있다

호랑거미 略史

한바탕 비 그치고 나니
거미란 놈들이 분주해진다

소나무와 개암나무 가지 사이의
짙푸른 그늘 속에
집을 짓는 한 마리 호랑거미의 날렵한 젖샘

비 그친 허공의 가파른 잔물결 위로
잠시도 쉴 새 없이
젤라틴의 은빛 못을 박아 넣는다

시간의 올이 성길 대로 성긴 여름 한낮
난티잎개암나무의
벌레먹은 나뭇잎 한 장 꼼짝하지 않는다

고요의 角皮를 허무는 장마 전선 위로
한 마리 젖은 새; 허공을 떠받치는 허공의 무게!

자신이 쳐놓은 거미줄 아래로
마침내 발 헛딛고, 굴러 떨어지는 거미란 없다

보라 어느새 기미를 알아차린 저 호랑거미는
물샐 틈 없는 허공의 중심으로부터

날아갈 듯 휘황한
자신의 아방궁을 먹어치우기 시작했다

추사 적거지까지 비 맞으며

유도화 가로수를 따라 걷는다

우리를 여기 떨구고 간 택시 기사는
저 나무의 독성과
유배지에서의 자결의 방식에 대해
확신에 찬 어투로 열변했었다

붉은 유도화, 선혈 낭자한 꽃잎사귀가
바람을 휘몰아오고
급기야 청명한 하늘에서
빗방울이 떨어진다

목덜미에 서늘히 내리치는 빗방울
마른 목구멍을 서서히 덮쳐오는
저 자결의 방식!
그렇다, 이곳도 전인미답의 길이 아니어서
여름 한낮의 나뭇가지 위에서
여태도 뒤뚱거리는 하늘의 水深

추사 적거지까지 비 맞으며

말없이 내처 걷는 동안
팔월 伏중의 유도화 잎사귀
스스로 분향하듯 밭은 김 내뿜는다

모슬포에 젖다

모슬포는 애써 젖은 피리를 감춘다
청성곡이나 상령산,
언 손을 녹이듯
포구의 들숨이 가빠져오고
푸른 비 글썽이는 모슬포
뒤채는 파도들은 몸을 묶는다
버릴 수 없다던
슬픔의 식솔들 모두 데불고
항구식당 낡은 양은 대접들마다
눈물 콧물 그렁그렁한 자리물회여
새오리김치*마냥 짜디짠 빗줄기여
모슬포 ——
口蓋의 사랑이
함부로 다가갈 수 없는
젖은 피리의 젖은 구멍이
간데없이 꺾어지는 저 한 소절!

* 새오리김치: 부추김치의 제주도 방언.

忘憂里 지나는 봄

망우리 지날 때마다
모골이 송연해진다는 것은 옛말
어스름 달빛도 한 뼘은 훤칠하게 자란
망우산 언덕의 봄나무 지날 때면
다복솔 휘젓고
꽃가지 휘어져라 쏟아지는데
아주 먼 먼 옛날이 아니냐
온갖 쓸데없는 근심들은
북창을 마저 열고
그네들의 쓸쓸한 귀로를 지켜볼 따름
망자들의 가가대소인 양
흩어진 묘석 뒤로 밤새들 우짖고
달빛에 휩쓸린 또 한 사람
가파른 이승이 함께 타오르는지
생솔 연기 천지에 푸르게 자욱한 봄밤
망우리 지날 때마다 되돌아보는
먹기와빛 오는 봄도 참 이르게
산목련 꽃망울 활짝 피었다

목련

목련 나의 살던 목련
나 홀로 망우驛 주막거리에 낮술 거나히
어 어어, 이러지 말래두
내 숨 속으로 마악

밀고 들어오는 목련

또 한 주발 목련 꽃막걸리를 단숨에 들이켜니
춘삼월 황사 하늘이 그냥
통째로 피고 피고 또 진다

大醉한 내 눈이 바라보는
내 안의 어떤 형용할 수 없는 불이
끝내는 저 서늘한 백목련 둥치에까지

점점이 肉塊처럼 번지어가고
목련 나의 살던 목련
나 또 이렇게 하릴없이 신열 앓았구나

속속들이는 흐르는 것들의 폐장을 녹이려

이렇게 큰 봄이
오긴 왔구나

폭우 속

강을 건너듯 그렇게
바다를 건널 수 있으리라 믿었던
마음의 수평이 무너진다
해무에 갇혀 퍼득이는 모슬포 앞바다
등대 불빛이 빗줄기보다 먼저
뱃고동 소리를 부여안는데
이 빗속을, 소쿠리 가득 펄떡이는 자리돔을 이고
고꾸라질 듯 뛰어가는 저 여자
여자의 뒷머리채를 휘감으며
숭하디숭한 세월은 한바탕 해일처럼 쏟아져왔는가
능치기 좋아하는 바다 남정네들처럼
옜다 받아라, 다금바리 북바리 떼들이
무장한 세월처럼 쳐들어왔는가
관자놀이에서 불끈거리는
함부로 내동댕이칠 수도 없는 이 생애,
희끗희끗 쇠어가는 뒷머리채를
사나흘 폭우의 어룽대는 金저울에
슬몃 걸어보는 저 여자, 강을 건너듯 그렇게
퍼붓는 빗줄기의 홈통 속을
칠흑의 물소리로 잦아드는 저 여자!

세월이 가면서 내게 하는 귓속말

나를 울려놓고 너는
내가 안 보인다고 한다
이 깊은 울음바다 속을 헤매다니는
날더러 바람 소리라고 한다 해가 가고
달이 가는 소리라고 한다
나를 울려놓고 울려놓고
가을나무가 한꺼번에
제 몸을 흔드는 소리라고 한다
수수 백년 내 울음소리 위에 턱 괴고 누워선
아무도 없는데
누가 우느냐고 한다
설핏한 해 그림자
마침내 떠나갈 어느 기슭에
꾀꼬리 소리 같은 草墳 하나 지어놓고선
어서어서 군불이나 더 지피라고 한다
새하얗게 이불 홑청이나 빨아놓으라고 한다

제5부

聖夜

나 이 세상에 태어난 죄를 갚듯 죄를 보태듯

밥 먹는다 똥 눈다 시를 쓴다

간밤 꿈에 삽상히 몰아치던 물바람이냐

흠뻑 젖은 발 아래 거미줄에 뒤엉킨 거미 한 마리

오오냐 너 잘 만났다

내 몸의 後生인 양 죽을힘을 다하여 짓밟아주마

모든 것

그는 서서히
물 위의 달을 향해
노 저어 갔네

거기, 모든 것이 거기 있다고
그는 믿었네

깜깜 西天에 불려가는 월계수 이파리

슬픔이여, 진정
내 지닌 것이면
어느 것이어든 다 놓고 있으리

밀월 야음을 틈타
마음이 여기까지 떠내려온 흔적

광릉내 접어드는 샛길
봉선사 극락교 아래
부서지는 그 뱃전 훈향 가득하였네

妙寂寺 입구

　이 절의 일주문 보이지 않는 장대석축 위에 눈송이처럼 내려 쌓이는 건 적막이다 그러니 어떤 아라한이 있어 저 양철 물고기의 마른 대가리를 쳐대는 적막에 미끄러지지 않고 소리의 끝에 이르렀는지 목백일홍 흐드러지게 핀 절의 요사채 앞 한 뼘의 수로를 가로지르는 펄펄 뛰는 산 피라미 떼들 더한층 울리는 소리의 움푹 패인 숨구멍 속을 무시로 넘나들고 있다

몽골 초원으로 가는 길

이 세상 어딘가엔
몽고반점 같은 나라가 있고

섭씨 37.5도로 붐비는 그 나라의
문예회관 앞에서
줄줄이 줄 서서 비 맞는 사람들도 있고

슬픔을 뒤덮던 노래의 눈보라에
고스란히 옷 입은 채
눈사람이 되었던 이들도 있다

정글을 헤매다가 초원으로 나온
마음의 첫 발자국이란
어디서부터일까

이 땅에서의 사랑이란
우리들의 몽고반점이 돌연
하늘로 올라가 만드는 최초의 징검다리

노래에 불어난 여울물이

우리를 몽골 초원으로 휘몰아간다

空手來, 滿手去

완도에서 육로로 해남길을 간다
인간의 시조가 광년을 벼루 삼아
이제 막 흩뿌린 듯한 저 墨線,
흠흠, 먹냄새, 여태도 아수라 지상에 가득하여라
그러니 여기서 그만
털부덕 주저앉아버리고 싶은 봄날의 물 속에서
天樂―범패 소리로 굽이치는 달마산
하늘 마주친 검붉은 불썬봉 아래
내외처럼 엉겨붙은 물굽이 산굽이를 뚫고
곱다시 번쩍이며 튀어오르는 불덩어리는
새다, 가만 보니
제법 통통히 살 오른 해오라기다
가래톳처럼 허공 중에 화문 박힌 노을이
저놈의 새하얀 깃털과 주둥이
샛노란 이똥 긴 틈새에까지
섶벌 떼처럼 자욱이 몰려가 불붙였으리
아니, 뒤돌아보지 않겠네
완도에서 육로로 해남 가는 길
새 한 마리 팽개친 족보처럼 타오르는 이 봄날 저녁엔
붉덩물 휩쓸린 저만치서나

내게로 또 왈칵 젖어오는
백여 척 해오라기 붉은 울음이
저무는 幽谷의, 空手來 滿手去를 이루었으니

월식

그 사이 며칠이나 되었나
참으로 오랜만에
절집 뒷마당에 빨랫줄이 걸린다

잿빛 가사가 눈바람에 펄럭이고
눈바람 뒤켠에 묻어오는
이 깨끗한 적막

큰스님 입적하시고
내리 한 사나흘 폭설이야, 폭설
웬 눈이 이리……

가까스로 눈밭 헤치고
등 떠밀리듯 삼배하고
시퍼러둥둥 얼어붙은
내 섰는 여기가 어디쯤이지?

一步一拜, 一步一拜
어느 사이 어둠 몰려와 흩어지고 쌓이고
또 한 바퀴 밤하늘

궁수자리 부근에 바람 휘몰아친다

환상산* 기슭에도 눈 그쳤으리
연잎 대좌 흩날리는 꽃잎 위로
결가부좌로 날아가 앉는 새

月面佛 잘 안 보이는 울음 속까지
떠질 듯 또렷한 젖은 墨線이 지나간다

* 環狀山: 달에 있는 원형의 팬 땅.

구화산을 내려가며

첨병곡의 달구경도 마지막이며
자명구의 꽃놀이도 끝이 났구나
　　　　　── 김교각, 「送童子下山」

사월의 때죽나무 흰 꽃 지고
유월의 산딸나무 흰 꽃 필 때까지
햇빛과 그늘과 그 물소리에 머물렀던 시간

명지바람 몰려오는 저뭇한 해거름에
雲海 가득한 구화산을 내려갑니다

나 실어갈 돛단배,
아직은 당도하지 않았겠으나

첨병곡 위로 떠오른 황망한 달빛
뒤돌아보지 말라, 말라
가파른 산길을 재촉합니다

산딸나무 흰 꽃 그림자 패도록이나 깊숙이

새로 돋는 시누대
시퍼런 죽순 위에 얹혔던 마음!

천지 時方은 점점 어두워지고
망초꽃 센 머리카락 불빛 삼아도
텅 빈 허공을 요령 소리 울리는 내 발걸음

세간의 저잣거리까지는
얼마나 남았는지
두려움이 굽어드는 모롱이부터
불길이 확확 이는 저 산비탈

예서는 너무 먼 옛일인지라

구화산 물소리 가뭇없습니다

떠도는 자에겐 구름이 그의 樂隊이니

불안하다고 말하지 마
봄밤의 우레는
먹구름 속에 얼비치는 밤하늘의 푸른 筋
때때로 수직 낙하하여
내 영혼의 함석 처마를 때리는 빗방울 속에는
삼만 삼천 마리
제석천의 화석 물고기들이 살아 숨쉰다
활엽 수풀 우거진 사이로
기어코 되돌아서 멀어지는 적막한 애인이여
비 오는 밤마다
내가 손을 뻗어 휘저어보는
저토록 가지런히 맑은 슬픔의 齒列 속에
그대 또한 천 리나 만 리나 되는
머나먼 이곳까지
내게 댕기러 온 물소리
뻘물의 하늘 팽팽히
낯 모를 불안이 아주 단단히 머금어지는 것과 같이
그대는 몇천 년 동안이나
유리걸식하며 나 없는 지상을 떠돌았으나
죽음의 명부엔 아직 그대 이름이 없네

구름은 떠도는 자의 악대,
강물의 하염없을 높낮이가 그대를 따르네

피그미를 위한 밤

내 몸이 늪이다
나의 온몸은 얼음으로 뒤덮여 있다
어떤 격렬한 폭풍이
내 몸의 술잔들을 휩쓸어갔다
누군가 내 몸 위에
상형의 글자들을 새기는 듯하다
나는 상처 입은 자의 뒤척임으로
그 글자들의 획순과
자모를 읽어나갔다
얼음 속의 에우로파 속의
물굽이 친 흔적을 헤치고 들여다보라
客星이 떨어진 자리,
무너진 석축에 기대면
또다시 상한 영혼들의 구중심처를 울리는
아련한 총성 ──
별똥별 장전된 어둠의 銃身에서
천국의 계단의 사라진 입구까지
피그미 납골당, 피그미 조산원, 피그미 천문대, 아아
유적처럼 파헤쳐진 피그미의 집집까지
땅거미에 서늘한 장례 행렬들…

산허리 무너지게 휘황한 폭풍의 꽃상여를 이고
피그미 나라의 얼음 신부는
어기여차 숨 가빠
또 한 世紀의 캄캄한 징검다리를 건너왔다

멀리 더 멀리

아주 멀리 가고 싶었지 멀리 더 멀리
가루눈 펑펑 흩날리는 멀고 먼 북극
한번 노출되면 내장이 그대로 터져버린다는
쩍쩍 달라붙는 빙폭의 중심에서
내장을 완전히 게워낸 박제된 곰처럼
혼과 숨이 그대로 얼어붙어버리길 난 바랬어
남미 안데스 산맥 6,700미터
화산의 정상에서 발견된 잉카의 소녀 미라는
심장의 고동이 멎으려는 순간
갑자기 불어닥친 눈바람의 手話로
이렇게 중얼거렸을 거야
뒤따르는 어여쁜 나의 물굽이들아
내 몸의 생체 데이터는
지금 네 발 밑을 줄기차게 흐르는
한줄기 퀴퀴한 지하수와 다를 게 없어
그리하여 바람이, 구름이
우리 인간의 양떼들이 시작하는 곳이
밤하늘의 天頂點 너머가 아니라고
누가 말할 수 있겠니?
눈구름 속의 피오르드 전체가

아직은 내 안에서 거듭 소용돌이치는
내가 잠긴 강물의 水位는
믿을 수 없도록 음악에 가까우니
半音의 부력, 浮力의 푸르러지는 속도가
내 生의 반 남은 별빛을 마저 끌고 가리

즐거운 나침반

북극성을 바라보며 집을 나선다
오리온자리에서 길 잃은 별들이
산마을의 불빛처럼
웅성거린다

모래 폭풍이 질주한다는
화성의 운하에
물이 흐르고

사자자리 부근에서 귀 기울이면
선형 무늬로 흘러오는
저 격렬한 물소리

별들의 지도 위에서는
生의 나침반의 N극과 S극이
항력과 불가항력으로 서로 다투지 않는다

죽어가는 별들은
자신의 수의를 만들듯이
고양이 눈 星雲 속에서

수십억 톤의 가스를 방출한다고 한다

모래시계에서 흘러내린 모래 한 알이
미란다 계곡의 한바탕 물줄기로
흘러들 때까지

밤의 조선 기와 지붕 위에
들고양이 두 마리
검푸른 밤하늘을 화선지 삼아
붓으로 그린 듯 옴짝 않는다

모하비 사막에서 온 편지

법사 현장은 투르판으로 가는 길을
거듭 재촉했지만
나는 이곳 모하비 사막의 들끓는 모래 구덩이 속에
여전히 식지 않는 마음의 화염과
남은 생애의 마지막 어둠을 묻어두련다
내 생의 손바닥만 한 거울 속으로
섭씨 백만 도로 끓며 넘치는
태양의 코로나,
저 태양의 홍염들을
그대의 살결인 양 깊이깊이 어루만지리
그대가 보내온 지상의 시집들은
序詩만 읽고는 접어두리라
그대의 편지는 끝내 펼치지 않으리라
모래시계 성운 사이로
물소리 급하니
오늘 밤은 사막을 오가는 隊商들과 함께
모닥불처럼 타오르는 밤하늘의 지도 위에
이부자리를 펴리라
황소별자리에서 쏟아지는 베타 流星雨와
카시오페이아를 가득히 둘러싼

사자자리 유성우 사이를
한밤이 새도록 영혼의 걸음걸이로 걸어보리라

은행나무 등불

은행나무 속에 등을 매달아놓았나
은행잎들 샛노랗게 물들어
가을 저녁을 불 밝히고 섰다

여기가 거기쯤이지?… 음, 그래
그 위로, 은행잎들은 분분히 떨어진다

마주 바라보는 어느 새인가
붉디붉은 저녁노을이 오고
서리의 시간이 바삐바삐 쟁여지고
암나무, 수나무의 후끈한 발목이
어딘가 어딘가로 떠내려간다

이 텅 빈 여기가
우리 사랑의 무게 중심이었니?

세상의 연인이란 연인들 죄다 불려와
불 켠 은행나무 샛노란 속으로 타들어간다

어느 날 갑자기

어느 날 갑자기 네 흰 빰에 패인 눈물 자국 사라지고
어느 날 갑자기 방 안 가득 몰아치던 눈보라 멎고
어느 날 갑자기 치욕과 열락이
한 몸의 다른 이름이었음을 알게 되고
어느 날 갑자기 꿈꾸었던 지독한 사랑은 완성된다

바람보다 빠르게 굽이치는 풀의
지축을 울리는 저, 천둥 소리!

죄와 노동―그 아름다운 힘의 시

―김명리의 시

김주연

   1) 불멸의 샘이 있다니! 김명리의 시집은 강한 호기심을 끌기에 충분하다. 그것이 비록 반어라 하더라도(그런데 결코 반어가 아니다! 정말로 불멸의 샘이 있다니⋯⋯) 얼마나 매력적인가. 더욱이 불멸은커녕 이와는 정반대로 소멸의 깃발을 높이기 좋아하는 현대시들을 익히 읽어온 터로서는 미상불 그 샘에 달려가 한입 푹 축이고 싶지 않겠는가. 그 호기심 앞에 펼쳐지고 있는 시의 향연은 이렇다.

> 휘젓던 꽃샘바람 그치고 볕 좋은 날
> 잘 익은 너르바위에 식탁을 차린다
> 인적 드문 이곳, 금빛 골짜기
> 유릉 숲 사이론 푸른 해오라비 날고
> 물소리가 해묵은 커튼처럼 드리워지고
>   ―「불멸의 샘이 여기 있다」 앞부분

봄이다. 봄의 전원이다. 평범한 자연 풍광이 봄을 맞고 있다. 그러나 시의 도입부를 이루는 첫 대목부터 심상치 않은 어떤 강한 기운이 단순한 평범성을, 그 커튼을 찢어 내고 있다. 그 느낌은 "금빛 골짜기" "푸른 해오라비 날고"에서 감지된다. 꽃샘바람이 그쳐서인가, 봄은 더 이상 나른하고 따뜻한, 처녀들의 가슴가슴을 산들산들 건드리는 수준의 나지막한 언덕으로 다가오지 않는다. 이어서 계속되는 시행은 봄빛이 "치한의 눈빛처럼 이글이글"하다고 말함으로써, 봄빛을 읊은 시들 가운데 가장 뜨거운 열도를 보여준다. 그리하여 마침내 시인은 이 부근에서 훌쩍 도약한다.

앗! 불멸의 샘이 여기 있다
은둔하는 하루살이들이 개미 떼들이
바위 속을 온통 하얗게 누비고 있다
그들의 하루 일과는 바위 속으로
널찍한 신작로를 내는 일
봄이 다 가기 전에 그들의 대지에
또 한 그루 망개나무를 심는 일
해 넘어가기 전에 불멸의 식탁을 마련하는 일
　　　　　　　　　　　　　　　—같은 시, 중간 부분

시인의 눈이 바위 속의 개미 떼들을 본 것이다. 그들의 부지런한 노동을 발견한 것이다. 그 노동의 결과 개미 떼들은 식탁을 마련할 수 있는데, 시인은 그 식탁을 "불멸의 식탁"이라고 부른다. 마찬가지로 그들이 살고 있는 바위 속은 "불멸의 샘"이 된다. 따뜻한 봄날 골짜기에 산책 나갔다가 부딪친 이 평범한 자연의 모습은 시인에게 예리하게 관찰된다. 그러나 보다 날카로운 예리함은 거기서 "불멸"을 찾아내는 시인 의식의 점프 현상이다. 노동의 신성함쯤은 모르는 이 없고, 말하지 않은 이 없는 진부함이며, 개미 떼 또한 그 상투화된 형상이다. 그런데 대체 어찌하여 시인은 그 현상 앞에 "불멸"이라는 엄청난 에피세트를 갖다 놓는가. 여기에는 불멸이라는 단어 자체가 지니고 있는 어떤 영적인 기류가 흐르고 있는 것이 분명하다. 이 시는 이렇게 끝난다.

> 내 마음 더 바빠 서두르며
> 그들의 신작로에 닿기도 전에
> 일몰의 고단한 꽃씨들이 몰려오고 몰려가고
> 망개그늘 아래로 가파른 둥근 물소리들
> 잠 없는 봄밤의 드높은 물보라로 치솟고 있으니

꽃씨들도, 물소리도, 봄밤도 모두 독자적인 인격체가 되어 잠도 자지 않은 채 고단한 육신으로 살아간다. 그들 모두가 어우러져 만들고 있는 자연 자체가 바로 불멸의 식탁이다. 왜냐하면 그들은 쉼 없이 일하고 있기 때문이다. 일하는 자연 속에서 불멸을 읽는 시인 김명리―. 그의 오묘한 그 비결을 파헤쳐보자.

나 이 세상에 태어난 죄를 갚듯 죄를 보태듯

밥 먹는다 똥 눈다 시를 쓴다

간밤 꿈에 삽상히 몰아치던 물바람이냐

흠뻑 젖은 발 아래 거미줄에 뒤엉킨 거미 한 마리

오오냐 너 잘 만났다

내 몸의 後生인 양 죽을힘을 다하여 짓밟아주마

　나로 하여금 눈물의 무릎을 탁— 치게 한 이 시의 제목은 「聖夜」이다. 성스러운 밤이라니, 경건과 율법의 외식을 종교성으로 바라보고 그것을 터부시하는 일에 익숙한 시인들과 그 독자들에게 전혀 낯선 어울림이 아닐까. 밥 먹고 똥 누고 시 쓰는 일을 같은 카테고리에 나열한 일도 그렇고, 그것이 무슨 성스러운 일과 관련이라도 있는 듯한 냄새를 풍기는 일도 그렇고…… 무엇보다 죄야말로 성스러움의 대적된 상황 아닌가. 그러나 그렇지 않다. 모든 성스러움은, 인간이 자신이 죄인임을 깨닫고 그것을 고백하는 순간부터 발생하는 어떤 주관적인 심리 상황이다. 이 시의 제목, 성스러운 밤은 그러므로 시의 내용과 아주 적절하게 부응하고 있으며, 그 적절성의 의미 해석이 나를 아주 즐겁게 한다.
　성스럽다, 혹은 거룩하다는 말의 뜻은 무엇일까. 그 말은 이 시집의 제목에 나오는 "불멸"이라는 낱말과 더불어 이 지상의 어떤 것, 세속의 어떤 것을 넘어서는, 그 모든 것들을 압도하는 총체적인 힘이나 분위기를 연상시킨다. 그러면서도 다른 한편으로는 윤리적·도덕적으로 일상의

필부필부들과 구별되는 경건한 종교인의 인상을 동시에 연상시킨다. 이 둘은, 그러나 비슷한 것 같으면서도 아주 다르다. 종교적 경건성은 일시적인 윤리 수행에 따른 선행과 금욕으로 존경의 대상이 될 수 있으나 필경 그 지속의 불가능성으로 인하여 율법적 위선으로 연결되고 만다. 따라서 성스러운 경지나 상황이 있다면, 이 지상적인 것을 넘어서는 세계 인식의 순간을 통해 조성되는 특정한 시간이 아닐 수 없다. 말은 거창하지만, 결국 그것은 김명리 시인의 말대로 밥 먹고 똥 누고 시 쓰는 일 전부인데, 그것들을 동일한 범주에서 파악하게 하는 눈과 가슴, 즉 자신이 죄인임을 고백할 수 있는 기반의 선행이 그 일을 가능케 한다.

자신이 죄인임을 깨닫고 고백한 자에게는 대체 무서울 것이 없다. 얼핏 모순된 진술같아 보이지만 그 사실은 바로 앞의 작품에서 확인된다. "나 이 세상에 태어난 죄를 갚듯 죄를 보태듯"이라는 시의 첫 행은 세 가지의 메시지로 구성되는데, 그 첫번째 메시지는 그가 죄인으로 태어났다는 고백이다. 기독교적 인간관의 근간이 되기도 하는 이 진술에는 인간 자신이 후천적으로 죄를 짓느냐, 안 짓느냐는 문제는 애당초 포함되지 않는다. 그저 인간은 죄인으로 태어난 것이다. 그는 하나님의 명령을 어기고 낙원에서 쫓겨난 아담의 후예이기에 죄인일 수밖에 없다. 말하자면 그가 죄인인 것은 그의 죄가 아닌데, 무서울 것이 뭐 있겠는가. 두번째 메시지는 그 스스로 '죄를 보탠다'는, 즉 고범죄(故犯罪)에 관한 언급이다. 우리 인간은 죄를 짓고 산다. 법률적으로, 혹은 도의적·윤리적으로 죄를 짓지 않

은, 대단히 정의롭고 양심적인 사람이 있을 수 있으나 그
도 역시 죄를 짓지 않은 인간이라고는 할 수 없을 것이다.
예컨대 그것이 비록 대단한 이데올로기가 아니라 하더라도
자신의 생각이 올바르다고 주장한 나머지 다른 사람과 불
화를 야기해보지 않은 사람 있는가. 자신과 마음이 다르다
고 해서 상대방을 미워해보지 않은 사람 있는가. 배우자
이외의 이성을 탐해보지 않은 사람 있는가. 이른바 욕망일
터인데, 이 욕망은 인간으로 하여금 자아를 실현케 하고
문명을 발달케 하지만, 타인과의 갈등과 불화를 통해 범죄
와 전쟁에 직·간접으로 연결된다. 바로 그 본성이 죄 아
니고 무엇이겠는가. 인간은 죄인으로 태어나지만, 그 때문
에 결국 어떤 형태의 죄도 지을 수밖에 없다는 메시지가
그것이다. 세번째로 이 시행은 '~ 갚듯 ~ 보태듯'으로 무
언가를 비유하는데, 그 무언가가 바로 밥 먹고, 똥 누고,
시 쓰는 일인 것이다. 말을 바꾸면, 우리의 일상생활 전체
가 죄인 셈이며 그것은 죄인으로 태어난 결과인 것이다.
이 사실을 인정하고 고백하고 난 자에게 두려움은 없다.
그것은 역설일 수도 있고, 솔직한 사실일 수도 있다. 김명
리의 시가 힘차고 역동적이며 담대할 수 있는 까닭은 인생
에 대한 이 같은 총체적 인식이 있기 때문이라고 나는 생
각한다.

과연 그는 거칠 것 없이 세상을 직시하고 날카롭게 관찰
하고 과감하게 표현한다. 때로 우울하고 자조적인 가운데에
서 파괴와 부정의 언어를 쓸 때에도 그것을 넘어서는 어떤
힘을 느끼게 하는 것은, 땅과 하늘을 함께 바라본 자, 죄와
구원을 함께 경험한 자만이 얻게 되는 귀중한 소득이리라.

망우리 지날 때마다
모골이 송연해진다는 것은 옛말
어스름 달빛도 한 뼘은 훤칠하게 자란
망우산 언덕의 봄나무 지날 때면
다복솔 휘젓고
꽃가지 휘어져라 쏟아지는데
아주 먼 먼 옛날이 아니냐

　　　　　　　　　──「忘憂里 지나는 봄」 부분

　망우리 공동묘지로 연상되는 죽음, 그러나 더 이상 무
(無)와 귀신으로서의 죽음은 없다. 따라서 모골이 송연해
지지도 않을 뿐 아니라(귀신이 없으니까!) 봄나무의 꽃가지
가 만발할 뿐 죽음의 그림자라곤 없다. 이 시 뒷부분에 나
오는 대목, 가령 "달빛에 휩쓸린 또 한 사람/가파른 이승이
함께 타오르는지/생솔 연기 천지에 푸르게 자욱한 봄밤"이
라는 표현은 과연 삶과 죽음을 함께 아우르면서 "죽음은
삶의 또다른 저쪽"이라는 릴케의 시 구절을 연상시킨다.
그렇기 때문에 죽음을 삶의 끝, 혹은 절망의 결과로 받아
들이는 인식 대신에 죽음을 넘어서도 새로운 전망을 세울
수 있는 것이다.

　망우리 지날 때마다 되돌아보는
　먹기와빛 오는 봄도 참 이르게
　산목련 꽃망울 활짝 피었다

　　　　　　　　　──「忘憂里 지나는 봄」 부분

고 아름답게, 힘차게 노래할 수 있는 것 아닌가.

　2) 죄가 힘이 되는 김명리의 시를 읽으면서 나는 "죄가 많은 곳에 은혜가 깊다"는 로마서의 진술을 연상해본다. 과연 그의 시는 거기서 힘을 얻어, 힘있는 시들을 생산해 낸다. 상처마저 힘이 되는 이 원리는 그의 시 전반을 지배한다. 「상처를 위하여」를 읽어보라.

　　저 나무는
　　바라보는 것만으로도
　　죄가 되는 것 아닌가

　　제 몸통 안에
　　마침내 검은 우물을 파버린 나무
　　　　　　　　　　　　　—「상처를 위하여」 앞부분

　나무는 —— 모든 식물이 그러하듯이 —— 살아 있는 생물이지만 동물과 달리 스스로 몸을 움직이지는 않는다. 그 생명의 모습은 여기서 시인에게 '바라봄'을 토해 발견된다. 그런데 그 나무가 자신의 몸통 안에 검은 우물을 팠다니, 한 일이라고는 가만히 서서 바라보기만 한 나무에게 그것도 죄가 되느냐고 시인은 묻는다. 이 물음은 우리에게 두 가지의 시인 의식을 전달해준다. 그 하나는, 죄가 그 죄인의 몸을 파괴할 수도 있다는 생각이다. 나무에 난 큰 흠

집, 즉 상처는 아마도 죄의 결과일지도 모른다는 생각이
그것이다. 그 다음으로는 그 상처가 오히려 더 단단한 몸
을 만들어간다는 생각이다.

　　그러나,
　　꽃씨를 마저 흩뿌리듯
　　봄빛은 기어코 어김없이 쏟아져와서

　　바람에 잎 틔우는 새가지 떨켜마다
　　사람의 숨통을 틀어막는
　　고요

　　가책하는 마음들
　　멀어질수록

　　저 나무의 죄는
　　상처를 몸으로 만든 것이니

　　　　　　　　　　　　──「상처를 위하여」 뒷부분

　　죄는 상처를 만들지만, 그 상처는 결국 축복이 된다는,
모순되어 보이는 이중의 생각은, 그러나 김명리에게 있어
서 결코 모순이 아니다. 모순은커녕 상처가 죄의 산물인
줄도 모르고, 그 상처를 때로는 부등켜안고, 때로는 까발
리면서 오열하곤하는 현대시의 상습적 몸짓을 일거에 뒤집
어버리는 전복적 힘을 발휘한다. "저 나무의 죄는/상처를
몸으로 만든 것"이라고 말할 때, 몸이 상처를 만들었으나

그 상처가 다시 몸을 만들어간다는 의미의 왕복이 나타난다. 앞의 시에서 중요한 것은 이때 작용하는 "봄빛"이다. 그 "봄빛"은 "기어코 어김없이 쏟아져와서" 일련의 죄→상처→새로운 몸으로의 순환 기능에 모티프 역할을 한다. 그것은 「불멸의 샘이 여기 있다」에서도 마찬가지의 기능을 보여준 바 있으며, 다른 많은 시들에게서도 숨은 동력이 된다. 예컨대,

> 한 할머니가 가네
> 텅 빈 유모차를 몰고 햇빛 속을 가네
> 저 텅 빈 유모차에,
> 오오 텅 빈 유모차에 넘치게 가득한 白日!
> 가네, 댓바람에 휩쓸린 멧새 울음 속을
> 내 어머니의 어머니의
> 살아生前이 가네
> 세월의 삽날에 허리 꺾인
> 바퀴살이 아직은 쓸 만한 유모차가 가네
> 다만 일그러진 쇠붙이,
> 젖먹이 울음소리 텅 빈 유모차들도
> 傷한 풀잎을 지상으로 떠받치는
> 저토록 단단한 힘이 되네
> ──「텅 빈 유모차」 전문

이 시의 의미 전개를 거꾸로 읽어가면 재미나다. "텅 빈 유모차"가 힘이 있다는 아이러니컬한 결론을 지닌 이 시는, 상한 풀잎을 그 힘이 지상으로 떠받친다고 말한다. "傷

한 갈대도 꺾지 않으신다"는, 복음서 언급대로 유모차는 하나님의 마음과 힘을 지녔다는 것인가, 젖먹이 울음소리도 텅 빈 유모차가 말이다. 그러나 이 유모차가 이처럼 엄청난 힘을 가질 수 있는 까닭을 이 시는 두 가지 이유로 내비치고 있다. 그 이유 두 가지.

①텅 빈 유모차를 몰고 햇빛 속을 가네
②가네, 댓바람에 휩쓸린 멧새 울음 속을
　내 어머니의 어머니의
　살아生前이 가네(상점은 필자 강조)

그 하나의 이유는 「상처를 위하여」에 나왔던 "봄빛"과도 같은 "햇빛"이다. 시인은 대부분의 그의 시에서 이처럼 빛을 찬양하는데, 그것은 자연을 맑게 하고, 밝게 하는 자연의 중심 자리에 놓여 있다. 마치 신의 은총과도 같이 필부필부 누구에게나 비추면서, 좌절과 낙망, 무력함 대신 소망과 힘으로의 보이지 않는 배경을 조성한다. 다른 하나의 이유인 "어머니의 어머니"는 어머니를 낳은 어머니, 그 어머니를 유모차에 싣고 기른, 어머니로 표상되는 삶의 확실한 역사이다. 그 삶은 하늘에서 쏟아지는 빛과 달리 "멧새울음 속을"에서 연면히 지속되어온 신산(辛酸)의 일상이다. 그러나 그 고통스러운 나날은 슬픔과 비관으로 연결되는 것이 아니라 상한 풀잎을 살려내는 활력, 즉 "살아生前"으로 영원히 살아 있다. 요컨대 첫째는 자연의 은혜이며, 둘째는 인간의 노동이다. 이 두 가지 요소야말로 김명리 시 탁월성의 요체이다. 시인은 이미 「노래의 序」에서 스스로 이 같은 시의 운명을 예감하면서 몸을 낮추고, 목소리를 높인다. 그것은 죄의 소산이 시임을 깨달은 자의 겁 없는 절창이다.

능의 서쪽에서 소쩍새 울었다

저 애끓는 울음소리에도 제 귀가 엿듣는
저마다의 子母가 있을 터

〔……〕

밤의 어둠의 백회에 가지런한
각(角), 항(亢), 저(底)… 鈞天의 별빛이
내 몸의 종복인 양 우르르 뒤따르는
능의 서쪽에서

나는 가죽나무 불씨로 함부로 불 밝히고
천둥 소리 본떠 노래를 짓는다
———「노래의 序」부분

그대 김명리 시인이여, 다윗과 올훼의 딸로서 치솟으라, 가죽나무 불씨로 함부로 불 밝히는 일쯤 어두움 속에서 소멸의 마스터베이션을 일삼는, 죽은 시인들 살리는 빛이 되리라. 천둥 소리 본떠 노래를 지으라. 디오니소스의 미혹 가운데에서도 예수를 바라보았던 횔덜린의 저 고통스러운 천둥소리를 누르고 온 천지를 뒤흔들라. 그대 그 스케일의 시인으로 저들을 함께 안고 가리라.▨